RETROUVEZ

DANS LA BIBLIOTHÈQUE ROSE

Série créée par Vincent Chalvon-Demersay & David Michel.

© Hachette Livre, 2005, pour la présente édition.
Novélisation : Vanessa Rubio.

Hachette Livre, 43, quai de Grenelle, 75015 Paris.

Un parfum
diabolique

Cheveux : roux
Couleur préférée : le vert
Sa phrase fétiche : « Bizarre, bizarre…
Bon, récapitulons… »
Qualités : Beaucoup de logique et
un grand sens pratique, c'est souvent
elle qui trouve la clé de l'énigme.
Le petit + : Sam est le cerveau du
groupe. Même en pleine crise, elle
garde les pieds sur terre !

Cheveux : bruns
Couleur préférée : le jaune
Sa phrase fétiche : « T'en fais pas, on est
là, nous ! »
Qualités : Sensible et attentionnée,
elle est toujours prête à aider ses amies.
Le petit + : Alex est la plus jeune des
Spies, elle est timide et maladroite, mais
tellement adorable !

Clover

Cheveux : blonds
Couleur préférée : le rouge
Sa phrase fétiche :
« Je crois que je suis encore tombée amoureuse ! »
Qualités : Sportive et bagarreuse, elle est toujours partante pour une nouvelle mission !
Le petit + : Clover ne pense qu'à la mode et aux garçons, elle est un peu fofolle, mais on lui pardonne !

Jerry

Sa phrase fétiche :
« Bienvenue au WOOHP, les filles ! »
Qualités : Il a toutes les qualités, forcément, c'est lui le chef !
Le petit + : À chaque mission, il arme les Spies d'une panoplie de gadgets super utiles : crème bronzante paralysante, com-poudrier, sac à dos-parachute…

Mandy

Sa phrase fétiche :
« Bas les pattes, Clover ! »
Qualités : Aucune, c'est une vraie peste, odieuse et prétentieuse !
Le gros - : Elle pique tous les petits copains de Clover. C'est son ennemie jurée !

Salut, moi, c'est Alex. Je suis encore élève au lycée de Beverly Hills et pourtant, je mène déjà une vie de folie, entre les histoires de garçons et les missions à l'autre bout du monde … Oups ! Zut, je ne suis pas censée en parler, car c'est top secret. Mes amies et moi, nous travaillons pour le WOOHP. Non, non, ce n'est pas une chaîne de fast-food, il s'agit de l'organisation mondiale pour la protection des humains. Jerry, notre chef, peut nous convoquer à n'importe quel moment (en plein film, en plein cours de maths, et

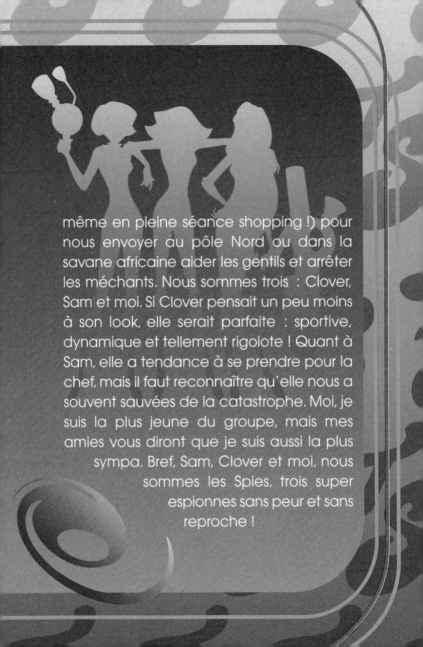

même en pleine séance shopping !) pour nous envoyer au pôle Nord ou dans la savane africaine aider les gentils et arrêter les méchants. Nous sommes trois : Clover, Sam et moi. Si Clover pensait un peu moins à son look, elle serait parfaite : sportive, dynamique et tellement rigolote ! Quant à Sam, elle a tendance à se prendre pour la chef, mais il faut reconnaître qu'elle nous a souvent sauvées de la catastrophe. Moi, je suis la plus jeune du groupe, mais mes amies vous diront que je suis aussi la plus sympa. Bref, Sam, Clover et moi, nous sommes les Spies, trois super espionnes sans peur et sans reproche !

Chapitre 1

14 h 00
Cafétéria du lycée de Beverly Hills

— Qu'est-ce que je vous sers, les filles ? Comme d'habitude ?

— Oh oui, David !

Ces derniers temps, entre chaque cours, Sam, Clover et moi, nous fonçons à la cafétéria. Pas parce que nous sommes accros au thé glacé, non ! Mais parce que

David y travaille. Il faut vous dire que David est le garçon de nos rêves : il est adorable, drôle, intelligent, super craquant, bref PARFAIT. En plus, il fait super bien le thé glacé au citron vert, ce qui ne gâche rien.

Pendant qu'il préparait nos bois-

sons, nous le regardions, complètement sous le charme, en murmurant :

— Qu'est-ce qu'il est beau...

— Et voilà, deux thés glacés au citron vert et un café frappé sans mousse, a-t-il annoncé en posant les verres devant nous.

En battant des cils, Clover a demandé :

— Dis, David, tu fais quelque chose samedi soir ?

Ça alors, quel culot ! Sam lui a flanqué un coup de pied dans les tibias pour lui couper la parole. J'en ai profité pour intervenir :

— Excuse-nous, David. Je crois qu'il faut qu'on ait une petite conversation entre filles.

Avec son plus beau sourire, il a répondu :

— Pas de problème, je vous laisse.

Dès qu'il a été hors de portée de voix, j'ai explosé :

— Non, mais je rêve, Clover ! Ne me dis pas que tu as l'intention de l'inviter à la soirée de samedi ?

Elle a haussé les épaules.

— Ben si, c'est fait pour ça, une soirée « Quart d'heure américain » : ce sont les filles qui invitent les garçons.

— Et moi alors ? ai-je rugi. Si j'avais envie d'y aller avec lui ? Tu n'y as même pas pensé, hein ? C'est vraiment sympa pour les copines.

Je me suis tournée vers Sam qui ne disait rien. Elle se contentait de nous fixer d'un air navré.

— Ne vous fatiguez pas, les filles. De toute façon, David ira à la soirée avec moi, a-t-elle affirmé.

Là, Clover et moi, nous avons répliqué d'une seule voix :

— Et on peut savoir pourquoi ?

— Eh bien, parce que c'est moi qu'il préfère... C'est évident.

Clover a levé les yeux au ciel.

— Hé, ho ! Ça va, les chevilles, Sam ? Pour qui tu te prends ? Il est amoureux de moi, ça ne fait aucun doute.

Elles commençaient à s'énerver, ça allait mal tourner. Je suis sans doute trop sensible... mais je ne supporte pas les disputes. Alors je me suis interposée entre mes deux amies :

— Arrêtez, les filles ! On ne va pas gâcher une si belle amitié pour un garçon quand même !

Sam a fait la moue, mais elle a soupiré :

— Tu as raison, c'est idiot.

— Mouais, c'est bête, a marmonné Clover, qui n'avait pas l'air franchement convaincue.

— Vous savez ce qu'on va faire ? ai-je proposé. On va conclure un pacte : puisqu'on n'arrive pas à se décider, aucune de nous trois n'invitera David à la soirée.

— D'accord, l'amitié d'abord, les

garçons après, a décrété Sam en levant son verre.

Clover a tendu le sien.

— Bien parlé. Une pour toutes, toutes pour une.

— Et vive les Spies ! ai-je ajouté.

Mais juste au moment où on allait sceller notre pacte d'amitié indestructible en trinquant, le sol s'est ouvert sous nos pieds et nous a aspirées, avec les tabourets de bar, les verres, les pailles et tout, et tout ! Aaaaaaaah !

Chapitre 2

14h30

Quartier général du WOOHP

Nous avons dévalé un immense toboggan qui nous a conduites à toute vitesse au quartier général du WOOHP. Pour une fois, nous avons atterri sur la banquette rose en douceur. (D'habitude, nous tombons lamentablement en tas les unes sur les autres.)

Jerry nous a accueillies avec un grand sourire.

— Félicitations, les filles ! Quel atterrissage parfait !

Mais juste au moment où il prononçait ces mots, nos trois verres ont débouché du tunnel pour se renverser sur la tête de Clover. La pauvre, elle a eu droit à un shampooing au thé et au café !

— Oh non, mon brushing ! a-t-elle bougonné.

— Je suis sûre que c'est très bon pour les cheveux, ai-je affirmé pour la réconforter.

Jerry lui a tendu une serviette.

— Bon, assez bavardé, les filles. Nous filons à New York dans le jet privé du WOOHP. Je vous expliquerai votre mission en vol.

Nous l'avons donc suivi dans notre avion spécial Spies équipé de grands canapés moelleux rose et orange, avec un mini-bar, une chaîne stéréo, un écran géant...

Jerry nous a alors montré une vidéo.

— Il se passe des choses étranges à New York. Ces derniers jours, des milliers d'hommes ont quitté leur femme ou leur petite amie sans raison.

Sam a secoué la tête.

— Ah, les garçons sont parfois de vrais goujats.

— Tous sauf David, a corrigé Clover. C'est la perfection incarnée.

Je lui ai donné un coup de coude.

— Hé, toi ! Tu n'as pas oublié notre pacte, j'espère ?

Jerry a pris son air de professeur en colère.

— Un peu d'attention, je vous prie, mesdemoiselles. Le plus étonnant, c'est que ces hommes sont partis soudainement, sans emporter le moindre bagage. Tous les rapports concordent : ils se lèvent brusquement et claquent la porte sans un mot.

— Effectivement, c'est bizarre, vraiment bizarre, est convenue Sam.

Jerry a ouvert une grande mallette noire et en a tiré trois sacs à dos pleins de gadgets. Il adore nous faire la démonstration du matériel de haute-technologie du WOOHP : des accessoires toujours très mode, mais surtout extrêmement utiles dans les situations périlleuses.

— Bien, pour cette mission, vous serez équipées de skate-boards auto-planants, de montres-scanners digitales, de ceintures à câble extensible, de boots aux semelles munies de ventouses et de kits de maquillage Mille-Faces.

— Waouh ! Du maquillage, trop cool ! s'est écriée Clover.

— Oui, je suis fier de vous présenter notre dernière petite merveille, a expliqué Jerry. Il suffit de programmer le look que vous souhaitez et les applicateurs automatisés le réaliseront.

— Un robot maquilleur ? Mais je suis sûre qu'il ne connaît pas ma couleur de fard à paupières préférée ! ai-je protesté.

Notre chef, toujours sérieux, a écarté mon objection d'un revers de main avant de poursuivre :

— Je compte sur vous pour retrouver ces hommes et éclaircir les circonstances de leur disparition. Voici l'adresse de l'une des victimes. Nous allons vous larguer au-dessus de New York pour que vous puissiez l'interroger.

— Vous ne voulez pas nous accompagner, Jerry ? a proposé Clover. Parmi toutes ces femmes délaissées, vous trouverez peut-être un cœur à prendre.

Jerry est devenu écarlate. En toussotant, il a marmonné :

— Trop de travail, pas le temps pour ces sottises. Allez, au revoir, les filles !

Aussitôt dit, aussitôt fait... Il a appuyé sur un gros bouton rouge et hop ! nous avons été expulsées du jet. Heureusement que nous gardons toujours nos sacs à dos parachutes sur nous !

Chapitre 3

15 h 00

Appartement de Rose Miller, New York

Après un atterrissage impeccable entre deux gratte-ciel, nous nous sommes rendues à l'adresse que nous avait indiquée Jerry. Quand Rose Miller nous a ouvert la porte, elle était au bord des larmes. Il faut la comprendre : son mari l'avait quittée la veille, alors qu'ils étaient en train de fêter leur 25e anniversaire de mariage. Heureusement, au cours de notre entraînement d'espionnes, nous avons reçu une formation en psychologie pour faire face à ce genre de situation délicate. Nous sommes toujours au top !

Sam s'est assise à côté d'elle dans le canapé et lui a demandé doucement :

— Madame Miller, avez-vous remarqué un comportement étrange chez votre mari ces derniers jours ?

Rose était effondrée.

— Non, non, je n'ai absolument rien vu venir. Nous étions un couple sans histoire : jamais une dispute, jamais un mot plus haut que l'autre... et toujours amoureux après vingt-cinq ans de mariage !

Je lui ai posé la main sur l'épaule.

— Ne vous inquiétez pas, nous allons le retrouver.

Nous avons fouillé l'appartement, à la recherche d'un indice. Bon, j'avoue... J'en ai profité pour me glisser derrière le canapé et laisser un message sur le portable de David.

D'accord, d'accord, c'est nul, j'ai rompu ma promesse : je lui ai demandé s'il voulait venir avec moi à la soirée de samedi. Alors que je refermais mon com-poudrier, j'ai remarqué une boule de papier froissé par terre. Je me suis relevée en demandant :

— Qu'est-ce que c'est que ça ?

Rose a éclaté en sanglots.

— Oh ! C'est le papier-cadeau du parfum que j'ai offert à mon mari hier : « Possession ». Quel nom idiot ! J'aurais mieux fait de lui acheter des clubs de golf !

Un peu surprise, j'ai demandé :

— Euh... mais pourquoi ?

— Parce que dès qu'il s'en est mis, il est devenu très étrange. Brusquement, il s'est levé comme un robot et il a claqué la porte en marmonnant qu'il allait trouver le grand amour, le seul, le vrai. Je ne l'ai pas revu depuis.

Sam s'est gratté le menton (je

suis sûre qu'elle a copié ce geste dans un film policier : les détectives font toujours ça quand ils réfléchissent).

— Mm... c'est bizarre, vraiment bizarre. Pouvez-vous nous dire où vous l'avez acheté ?

— À la parfumerie Modorama, ils venaient de le recevoir, a hoqueté Rose.

— Merci, madame Miller, nous allons tout de suite mener notre enquête là-bas, a fait Sam sur un ton très pro.

— Chic ! s'est exclamée Clover, beaucoup moins professionnelle. On va faire du shopping !

Chapitre 4

15 h 30
Parfumerie Modorama, New York

Effectivement, il y avait de quoi être « possédé » ! Pour entrer dans la parfumerie, il fallait passer entre deux flacons géants de « Possession ». À l'intérieur, les murs étaient tapissés d'affiches pour « Possession » et la pub de « Possession » passait en boucle sur des écrans géants. Arrgh ! Au bout de deux minutes, je n'en pouvais plus d'entendre répéter sans arrêt: « Possession, l'irrésistible parfum de Nathalie Valentine ».

En plus, le clip était vraiment affreux : on voyait une espèce de grande bonne femme avec une carrure d'armoire à glace renverser un pauvre type sur une plage et le plaquer sur le sable d'un air féroce. Une vraie sorcière !

— Quelle horreur ! me suis-je exclamée malgré moi. Ça me donne la chair de poule.

— Je vous comprends, cette pub est atroce, a reconnu la vendeuse. Mais elle marche ! En trois jours, j'ai vendu plus de mille flacons de « Possession » ! Cette Nathalie Valentine est un véritable génie du marketing.

— Je peux vous en acheter un ? a demandé Clover. Ça me donne envie de l'essayer.

— Désolée, j'ai été dévalisée, il ne m'en reste plus un seul ! s'est excusée la vendeuse.

— Et celui-là ? a insisté Clover en montrant un flacon sur le comptoir.

— C'est une cliente qui vient de me le rapporter.

— Oh, ce n'est pas grave s'il en manque quelques gouttes, vous savez, ai-je affirmé.

La vendeuse s'est alors rapprochée de nous et, à voix basse, elle nous a confié :

— Écoutez, si j'étais vous, je n'achèterais pas ce parfum.

— Comment ça ? s'est étonnée Sam. Vous venez de nous dire que les gens se l'arrachaient.

— Oui, mais la plupart des clientes me le rapportent dès le lendemain car leur mari les a laissées tomber. Venez voir.

La vendeuse a alors ouvert un rideau dans l'arrière-boutique ; il cachait des cartons et des cartons de flacons sortis de leur emballage que les clientes lui avaient retournés. C'était fou !

— Moi même, je l'ai offert à mon ami et il m'a quittée sur-le-champ, a-t-elle repris. Alors suivez mon conseil, vous êtes trop jeunes pour avoir le cœur brisé.

Clover s'est mise à rire. Parfois elle manque vraiment de tact !

— C'est drôle, ça, un parfum qui fait fuir les hommes !

Juste à ce moment-là, une femme est entrée dans la parfumerie, l'air furieux. Elle avait une bouteille de « Possession » à la main.

— Encore une ! a soupiré la vendeuse en s'éloignant pour s'occuper de la cliente mécontente.

Sam en a profité pour glisser discrètement le flacon du comptoir dans son sac, et nous sommes sorties du magasin, l'air de rien.

Une fois dehors, Sam a tiré le parfum de son sac.

— Hé ! a protesté Clover. Ne t'approche pas de moi avec ce répulsif anti-garçons, je ne tiens pas à me retrouver seule pour la soirée de samedi.

Sacrée Clover ! Il faut toujours qu'elle en fasse des tonnes.

— J'en envoie une goutte à Jerry avec mon com-poudrier, ai-je annoncé. Comme ça, il pourra le faire analyser.

— Moi, je vais lire le code-barre de la bouteille avec ma montre-scanner pour voir d'où elle provient, a décidé Sam.

— Ouais, c'est ça, a acquiescé Clover. Je vous laisse une seconde, les filles. Juste le temps de me refaire une splendeur.

Elle s'est éloignée un peu avec son com-poudrier à la main. J'aurais juré qu'elle envoyait un texto en cachette.

— Qu'est-ce que tu fabriques, Clover ? ai-je demandé.

Elle est revenue, toute rouge.

— Rien, rien...

Je n'ai pas pu insister parce que, tout à coup, Sam s'est exclamée :

— Ça vous dirait, un voyage à Paris, les filles ? D'après le code-barre, c'est là-bas qu'est fabriqué le parfum. J'ai bien envie qu'on aille jeter un coup d'œil dans les entrepôts de cette Nathalie Valentine...

Chapitre 5

17h45
Entrepôts « Possession », Paris

Un petit tour en jet, et zou ! nous étions au pied de la tour Eiffel. Ah, Paris ! Quelle ville romantique ! Avec ses rues pavées, ses mignons petits pigeons, ses... Enfin, l'usine de parfums de Nathalie Valentine n'avait rien de mignon, ni de romantique. Il s'agissait d'un immense entrepôt qui dégageait une odeur abominable.

— Pouh, là, là ! Ça ne sent pas la rose ici ! ai-je protesté en me bouchant le nez.

— Mm, c'est bizarre, a renchéri Sam. Allons voir ça de plus près.

— Oh non ! avons-nous soupiré en chœur, Clover et moi. Tu as prévu des masques à oxygène ?

Mais quand Sam a décidé quelque chose, pas moyen de la faire changer d'avis, alors nous étions bien obligées de la suivre – en nous pinçant les narines.

— Où ils vont, tous ces types ? me suis-je étonnée. Faire un concours de mauvaises odeurs ?

En effet, des centaines d'hommes se bousculaient devant l'usine. Oui, des hommes, rien que des hommes qui faisaient la queue

devant la porte, l'air complètement hébété. Nous avons joué des coudes pour arriver jusqu'au vigile qui gardait l'entrée, mais il nous a repoussées.

— Pas de filles ! a-t-il articulé d'une voix de robot. Mon grand amour a dit : « Pas de filles. »

— Comment ça ? s'est énervée

Sam. Vous n'avez pas le droit. C'est sexiste, c'est de la discrimination !

Clover l'a écartée, très sûre d'elle.

— Laisse faire les pros, Sam. Regarde !

Là, elle a sorti le grand jeu pour séduire le vigile : sourire en coin, battement de cils et main dans les cheveux.

Rien à faire. Le pauvre gars répétait en boucle :

— Pas de filles. Seul mon grand amour a le droit d'entrer.

Clover était catastrophée.

— Je ne comprends pas. D'habitude, le truc de la main dans les cheveux, ça fonctionne toujours. Et mon sourire qui tue, en principe, ça les rend dingues !

En bonne copine, je lui ai tapé dans le dos.

— T'en fais pas, Clover. C'est sûrement à cause de cette odeur immonde, ça leur monte à la tête. Les pauvres gars ne savent plus ce qu'ils font.

Les mains sur les hanches, Sam a décidé :

— Eh bien, puisque les filles n'ont pas le droit d'entrer, les

Spies vont employer les grands moyens.

Quand elle prend ce ton, générale-ment, ça ne présage rien de bon. Son idée géniale était qu'on se déguise... en hommes !

Nous avons donc retenté notre chance auprès du vigile dans nos nouvelles tenues : Clover habillée en surfeur, Sam en commandant de bord, et moi en ouvrier du bâti-ment, avec un casque, une super salopette de chantier et devinez quoi ?

Une moustache ! Oui, une grosse moustache marron qui gratouille sous le nez. (Franchement, je me demande comment font les gar-çons pour supporter ça !)

Mais le plus dingue, c'est que ça a fonctionné, il nous a laissées entrer ! C'est fou, le look, ça change tout !

Chapitre 6

18h00

À l'intérieur
de l'usine
de parfums

Une fois dans l'entrepôt, nous avons commencé notre petite visite. Il y avait des caisses et des caisses de « Possession » empilées jusqu'au plafond.

— Hé, les filles... euh, je veux dire, les gars ! ai-je crié en prenant une voix grave. J'ai l'impression qu'il y a des fuites dans le toit, j'ai reçu une goutte de pluie.

Sam a levé la tête.

— Ce n'est pas de la pluie, c'est du parfum. Regardez le système d'arrosage au plafond, tout l'entrepôt est aspergé de gouttelettes de « Possession ».

Clover a fait la grimace.

— Alors c'était ça, l'odeur ! Moi, je croyais que tu avais changé de déodorant.

— Mais à quoi ça sert d'arroser tout le monde de parfum ? ai-je demandé.

— C'est bien la question que je me pose, a répondu Sam. Venez, on va faire un tour dans le laboratoire. Je pense que nous allons bientôt en savoir plus...

Pour un labo, c'était un sacré labo, avec des machines qui clignotent et des tuyaux tarabiscotés partout.

Sam s'est un peu écartée de nous, son com-poudrier à la main.

— Je vais appeler Jerry pour savoir s'il a fait analyser l'échantillon de parfum que tu lui as envoyé.

Et elle est allée se cacher derrière une espèce de grande cuve. C'est bizarre, ça ne lui ressemble pas de faire des cachotteries comme ça.

Lorsqu'elle est revenue, elle était toute rouge.

— Alors ces analyses, qu'est-ce que ça a donné ? ai-je demandé.

Sam a bafouillé :

— Euh... rien. Enfin, j'en sais rien, Jerry n'était pas là.

Ça alors ! Notre chef bien-aimé n'était pas au QG du WOOHP.

C'était extraordinaire : d'habitude, il ne quitte jamais son bureau.

— Peut-être qu'il avait un rendez-vous galant, a suggéré Clover.

Jerry ? Une petite amie ? Cette idée nous semblait tellement ridicule que nous avons éclaté de rire. Mais ce moment de détente a été de courte durée car Nathalie Valentine est entrée dans l'entrepôt. Tous les hommes se sont mis à scander :

— Bienvenue à toi, notre grand amour, le seul, le vrai !

— Brrr, elle est encore pire que dans la pub, ai-je murmuré. Quelle horreur.

Mais je me suis vite tue car elle se dirigeait droit vers le laboratoire. Elle est entrée dans une sorte de petite cabine reliée à la cuve par un long tuyau. À l'intérieur, de grandes lampes rouges se sont allumées. Enfermée là-dedans, Nathalie Valentine suait à grosses gouttes.

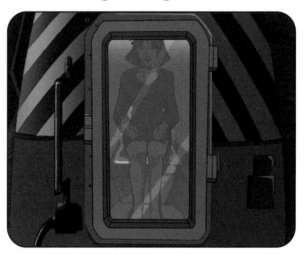

— Mais elle est folle ! s'est exclamée Clover. Les UV, c'est très mauvais pour la peau. Elle va finir ridée comme une vieille pomme ! Quelle horreur !

Sam s'est gratté le menton (quel tic détestable !).

— Je ne crois pas qu'elle bronze... Son but, c'est de transpirer le plus possible.

— Ah, elle veut maigrir ? ai-je demandé.

— Non, elle fabrique son parfum à partir de sa propre sueur, m'a expliqué Sam. C'est comme ça qu'elle hypnotise les hommes. Regardez les gouttes de transpiration vont dans la cuve et sont ensuite versées dans les flacons de « Possession ».

Là, Clover et moi, nous avons hurlé en chœur :

— Beurk, c'est dégoûtant !!!

Et manque de chance, Nathalie Valentine, qui était sortie de son four, nous a entendues.

Elle s'est approchée de moi, l'air mauvais.

— Qu'est-ce que vous disiez ?

J'ai essayé de prendre ma voix la plus grave, la plus « mâle » possible :

— Que vous étiez mon grand amour, le seul, euh... le vrai...

Mais ça ne devait pas être très convaincant car elle m'a arraché

ma moustache. Aïe ! Zut, nous étions démasquées.

— Emparez-vous d'elles ! a-t-elle hurlé à ses gardes.

Nous avons essayé de leur échapper grâce à la planche de surf autoplanante de Clover, mais ils étaient trop nombreux. Tous les hommes de cet entrepôt étaient dévoués corps et âme à Nathalie Valentine, leur grand amour, le seul, le vrai... Nous avons slalomé entre les caisses, les cuves et les flacons de parfum, mais ils ont fini par nous attraper avec un grand filet, comme trois petits papillons. Dommage !

Nathalie Valentine nous a regardées avec un sourire féroce.

— Préparez-les pour la cuve ! Elles vont faire trempette.

Chapitre 7

I9h00
Dans le labo de Nathalie Valentine

Et voilà comment nous nous sommes retrouvées dans une cage suspendue au-dessus de la cuve à parfum.

— Vous allez finir noyées, ça vous apprendra ! a ricané Nathalie Valentine.

Pour gagner du temps, Sam a essayé de discuter avec elle :

— Expliquez-nous au moins pourquoi vous faites ça...

— Que voulez-vous que je vous dise ? Je déteste les petites poupées dans votre genre qui tournent la tête à tous les garçons.

— Oh, pas tous, a corrigé Clover, seulement à peu près la moitié du lycée. Et puis, il y en a un qui nous résiste : David...

Nathalie Valentine a fixé sur elle un regard plein de haine.

— Eh bien, moi, à votre âge, je n'avais personne. Je n'étais pas belle, j'étais rejetée...

Là, j'ai senti qu'il fallait intervenir avec beaucoup de psychologie :

— Oui, mais regardez, maintenant, vous êtes plutôt pas mal et...

— Et j'ai tous les hommes à mes pieds grâce à mon parfum. De Paris à New York, tous, ils m'adorent, ils n'aiment que moi...

Juste à ce moment, un avion s'est posé sur la piste d'atterrissage privée de l'entrepôt. Le jet du WOOHP ! Jerry venait à notre secours !

— Il était temps, a murmuré Clover.

Mais quand notre grand chef est descendu de l'avion, il avait un regard hébété et un sourire idiot aux lèvres.

Il s'est jeté aux pieds de Nathalie Valentine en criant :

— Enfin, mon grand amour, le seul, le vrai !

— Oh, non ! a gémi Sam. Il a été

contaminé par la goutte de parfum qu'on lui a envoyée.

Sous nos yeux horrifiés, Jerry lui
a dit :

— Je suis à votre service, mon
tendre, mon doux, mon bel
amour.

— Venez, Chouchou, nous sommes attendus à New York, a
répondu l'odieuse Nathalie.

— Oh, elle m'a appelé Chouchou ! s'est exclamé notre chef,
rose de plaisir.

Puis, elle l'a fait monter dans son
jet privé et, avant d'en refermer la
porte, elle nous a adressé un petit
signe de la main.

— Au revoir, les filles ! Bon bain !

Et ils se sont envolés. Incroyable,
notre chef bien-aimé venait de
nous abandonner !

— Qu'est-ce qu'on va faire ? Vite, Sam, trouve une idée ! ai-je hurlé.

— Les gadgets, on a encore les gadgets.

— C'est ça, il nous faudrait un masque et un tuba, a marmonné Clover. Tu as ça en réserve ?

C'était compter sans l'ingéniosité de Sam. Il faut avouer que, dans les situations difficiles, elle assure.

Vite, elle a lancé la ceinture-câble super-extensible qui s'est aimantée à la carlingue de l'avion de Nathalie Valentine, puis elle a attaché l'autre extrémité à notre cage. La force du décollage a arraché les barreaux, nous étions libres !

Maintenant, il fallait trouver une astuce pour se débarrasser des gardes dévoués à l'horrible parfumeuse. Encore une fois, c'est Sam qui nous a tirées de ce mauvais pas.

— J'ai une idée ! On va se fabriquer notre parfum à nous.

Et elle nous a poussées à l'intérieur de la cabine de transpiration.

— Pff ! J'ai trop chaud, on ne pourrait pas ouvrir un peu ? a râlé Clover.

— Euh... je crois que c'est le but,

justement, ai-je haleté, au bord de l'asphyxie.

Cinq minutes plus tard, nous avions notre premier flacon de « Senteur de Spies ». Plus un homme n'allait pouvoir nous résister.

Chapitre 8

19h30
À l'intérieur
de l'usine
de parfums

Un petit pschitt de « Senteur de Spies » dans le creux du cou et les gardes de Nathalie Valentine étaient à nos pieds.

— Mes trois grands amours, que puis-je pour vous ?

Clover, qui sait parler aux hommes, a ordonné :

— Vous allez piloter cet avion pour nous.

Escortées de trois fidèles serviteurs, nous sommes donc montées dans le jet du WOOHP pour prendre en chasse l'avion de Nathalie Valentine.

À bord, les trois garçons étaient aux petits soins.

— Mon grand amour, voulez-vous

un thé glacé ? Un café frappé ? Un chocolat viennois, peut-être ?

— Non, je prendrais un cocktail framboise-citron vert, avec des cacahuètes grillées au miel d'acacia, a commandé Clover.

— C'est plutôt sympa d'être traitée comme une princesse, ai-je remarqué.

— Oui, c'est chouette..., a confirmé Sam. Mais on n'a pas le temps. Nous avons une mission à accomplir, les filles !

Bah, quel rabat-joie ! Mais elle a raison, quand on est espionne, le devoir passe avant tout.

— Positionnez notre avion au-dessus de celui de Nathalie Valentine, a ordonné Sam au pilote.

— Tout ce que vous voudrez,

mon grand amour, a-t-il répondu en obéissant docilement.

Mais ce n'était pas évident car Jerry, aux commandes de l'autre jet, faisait des loopings pour dessiner des cœurs dans le ciel.

— C'est fou, ça, a remarqué Clover. Qui aurait deviné qu'il était aussi romantique ?

— Oh oui, ai-je acquiescé, en

fait, c'est un grand sentimental, notre Jerry !

Clover a souri.

— Pour quelqu'un qui soi-disant n'avait pas de temps à consacrer à une fiancée, il est devenu très accro...

Sam nous a coupées dans notre discussion :

— On y va, les filles !

Pour la énième fois de la journée, nous avons donc sauté en plein ciel. Ce coup-ci, nous avons atterri sur la carlingue du jet de Nathalie Valentine, bien accrochées grâce à nos boots à ventouses. À plat ventre sur la tôle, nous nous sommes penchées pour voir Jerry à travers le pare-brise.

Tout en pilotant l'avion, il regardait Nathalie Valentine avec les yeux de l'amour (des yeux en forme de cœur, quoi) et n'arrêtait pas de lui faire des petits bisous.

— Oh, il est mignon ! me suis-je écriée, attendrie.

— Moi, je trouve ça pathétique, a sifflé Sam. Allez, sortez vos kits de maquillage Mille-Faces et tournez-les vers le pare-brise.

Il nous a suffi d'appuyer sur un

bouton pour que les applicateurs automatiques maquillent soigneusement le pare-brise de l'avion : une bonne couche de fond de teint, une double dose de poudre et encore un peu de blush. J'ai même envoyé une giclée de gel pour les cheveux dans l'hélice, histoire de la ralentir un peu.

Le pauvre Jerry n'y voyait plus rien. Il a perdu les commandes de l'avion qui est allé s'écraser sur une petite île au beau milieu de l'océan.

Nous avons juste eu le temps d'enlever nos bottines pour sauter en plein ciel (comme d'habitude) et terminer tranquillement la descente en parachute.

Jerry s'est relevé en se frottant le crâne.

— Ouille, ouille, ouille, ma pauvre tête !

Nathalie Valentine se cramponnait à son bras, toute mielleuse.

— Ça va, mon chéri ?

Visiblement le choc avait remis les idées en place à notre bon vieux Jerry, car il a répliqué :

— Je suis désolée, madame, mais je crains que cette relation ne soit terminée. Finalement, je préfère voler en solo.

Nathalie Valentine a failli s'en étouffer de rage. Alors que les hommes du WOOHP (ils débarquent toujours quand nous avons tout arrangé) lui passaient les menottes, elle pleurnichait :

— Ce n'est pas juste ! Je voulais juste un peu d'amour !

Alors Clover s'est penchée vers

elle pour lui murmurer à l'oreille :

— Je vais vous montrer un truc qui les fait craquer. Avec ça, plus besoin de parfum, tous les garçons seront à vous.

Et elle lui a montré le coup de la main dans les cheveux et du regard qui tue.

Nathalie Valentine n'en revenait pas :

— Mince alors ! Si seulement j'avais su ça plus tôt !

Les hommes du WOOHP l'ont emmenée dans leur hélicoptère, et nous avons enfin pu serrer notre Jerry chéri dans nos bras.

— Merci, vous m'avez sauvé la vie, mesdemoiselles.

— Oh, Jerry, ne nous refaites plus jamais ça, a soupiré Sam. Vous nous avez donné des sueurs froides.

— Ah non, ça suffit ! ai-je protesté. Plus personne ne parle de
sueur, d'accord ?

12h00
Lycée de Beverly Hills

Le lendemain, nous étions bien contentes de retrouver notre lycée, notre cafétéria et surtout notre David !

Il nous attendait derrière le bar, avec un grand sourire aux lèvres.

En entrant dans la pièce, j'ai murmuré :

— Dites, les filles, j'ai un truc à vous dire...

— Moi aussi, a fait Sam.

— Pareil, a renchéri Clover.

Et là, nous avons avoué toutes les trois en chœur :

— J'ai invité David à la soirée de samedi !!!

— Non, c'est pas vrai ! Alors c'était ça, toutes ces messes basses.

Nous étions rouges comme trois tomates trop mûres.

— Oh non, on est trop nulles, a soupiré Sam.

— Ne soyons pas trop dures avec nous-mêmes, nous avons des circonstances atténuantes, a affirmé Clover. David est tellement craquant.

— Et si on lui proposait d'y aller avec nous trois ? ai-je suggéré.

Et c'est ce que nous avons fait, la bouche en cœur, en arrivant au bar.

Vous ne devinerez jamais ce qu'il nous a répondu :

— Désolé, les filles, j'y vais avec Mandy !

Mandy, notre pire ennemie ! C'était une catastrophe intersidérale.

Nous avons tenu un véritable conseil de guerre.

— Et si on l'aspergeait avec un peu de « Senteur de Spies » ? a proposé Clover.

— Ah non, c'est hors de question, a décrété Sam. On est au-dessus de ça, quand même.

— Oui, mais qui va nous accompagner à la soirée ? ai-je gémi.

—J'ai une petite idée, a annoncé Clover avec un sourire malicieux.

Une demi-heure plus tard, nous étions au QG du WOOHP.

— Allez, Jerry, rien que pour un soir ! a supplié Clover.

— Non, non, je déteste danser !

— On vous a sauvé la vie, vous nous devez bien ça, a insisté Sam.

—Je n'ai rien à me mettre, à part ce vieux costume.

— C'est parfait, il suffit juste d'un peu de parfum, ai-je affirmé en sortant le flacon de mon sac.

Et pschitt ! « Senteur de Spies » a fait le reste !

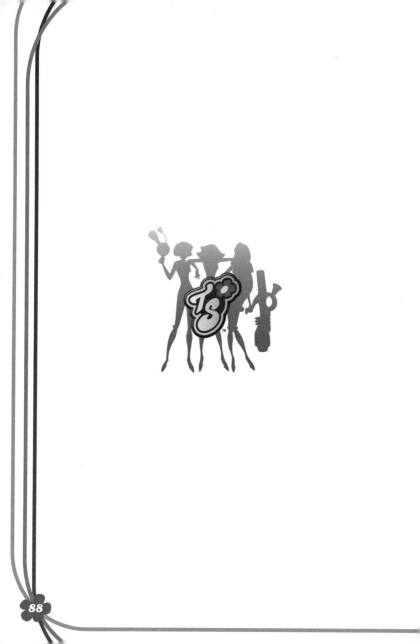

Table

Dans la même collection…

Cinq collégiennes
douées de pouvoirs
surnaturels.

Mini, une petite fille
pleine de vie !

Fantômette,
l'intrépide
justicière.

Avec le Club des Cinq,
l'aventure est toujours
au rendez-vous.

Kiatovski, le détective
en baskets qui résout
toutes les enquêtes.

Dagobert,
le petit roi
qui fait tout à l'envers.

Rosy et Georges-Albert,
le duo de choc
de l'Hôtel Bordemer.

Avec Zoé,
le cauchemar devient
parfois réalité.